Pour tous les *underdogs*

Texte traduit de l'anglais par Élisabeth Duval

Titre de l'ouvrage original : ME AND YOU
Éditeur original : Random House
Copyright © 2009 by Anthony Browne
Tous droits réservés
Pour la traduction française : © Kaléidoscope 2009
Loi n° 49.956 du 16 juillet 1949 sur les publications
destinées à la jeunesse : septembre 2009
Dépôt légal : novembre 2010
ISBN 978-2-877-67628-1
Imprimé à Singapour

Diffusion l'école des loisirs

www.editions-kaleidoscope.com

Anthony Browne

UNE AUTRE HISTOIRE

kaléidoscope

Voici notre maison.

Et voici notre famille, papa Ours, maman Ours et moi.

Un jour, le porridge que maman prépare
pour notre petit-déjeuner était vraiment trop chaud.
Alors, papa a dit :
"Allons nous balader dans le parc pendant qu'il refroidit."
Et nous sommes sortis tous les trois.

Papa parlait de son travail, maman parlait de son travail.
Moi, je traînaillais.

Sur le chemin du retour, papa parla de la voiture,
maman parla de la maison. Moi, je traînaillais.

Une fois arrivés devant la maison, nous avons vu
que la porte d'entrée était ouverte. Papa a dit que maman
l'avait probablement laissée ouverte, et maman a dit que
c'était sans doute papa. Moi, je n'ai rien dit.

Papa a vu que sa cuillère était dans son bol.
Il a dit : "Tiens, c'est drôle…"
Maman a vu que sa cuillère était dans son bol. Elle a dit :
"Tiens, c'est drôle…"
Et moi, j'ai vu que mon bol était vide. J'ai dit :
"Ce n'est pas drôle ! Quelqu'un a mangé tout mon porridge !"

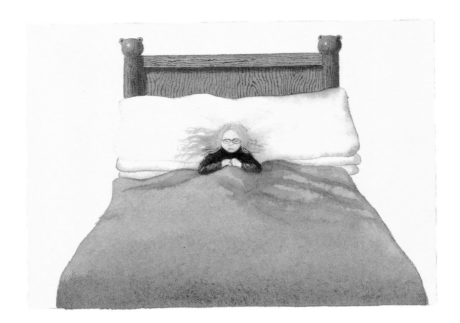

"Attends voir, a dit papa.
Quelqu'un s'est assis
dans mon fauteuil !"

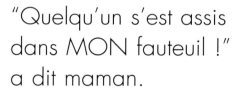

"Quelqu'un s'est assis
dans MON fauteuil !"
a dit maman.

Et moi, j'ai crié :
"Quelqu'un s'est assis sur ma chaise
et maintenant elle est CASSÉE !"

"Nous devrions monter jeter un coup d'œil,
a dit tout bas papa. On te suit, maman ?"

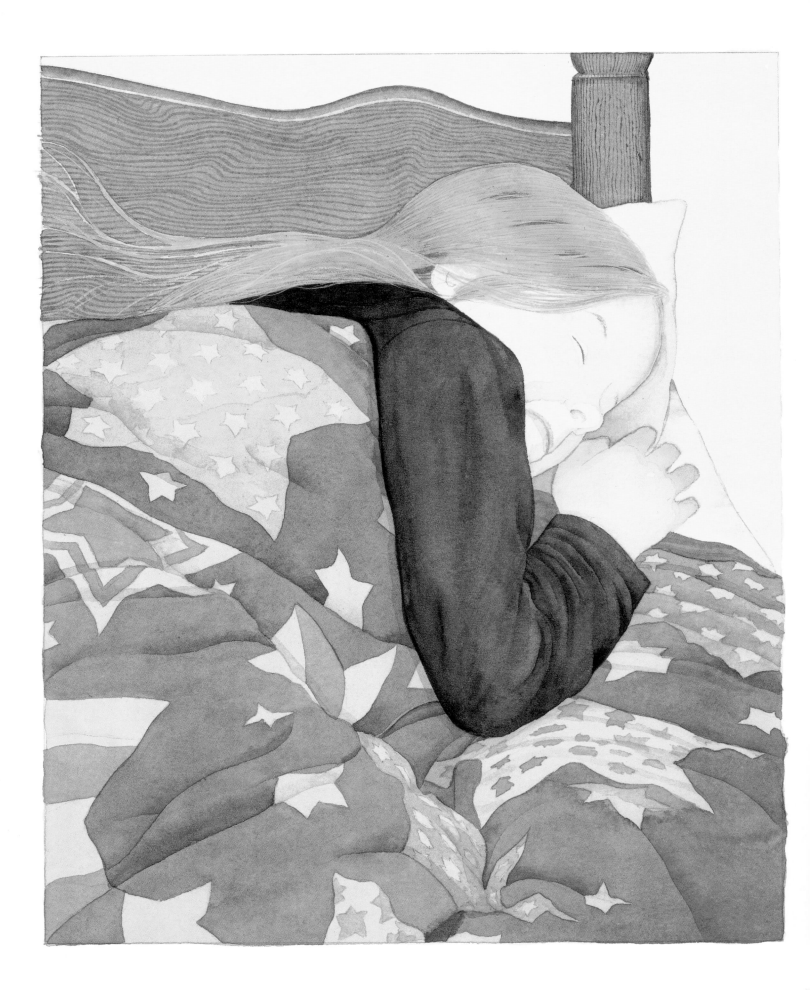

"Fais
bien
attention,
ma chérie",
a dit
papa.

"Oh, non ! a dit papa. QUELQU'UN est entré dans mon lit !"
Maman s'est écriée :
"Oh, quelqu'un est entré dans MON lit !"
Et moi, j'ai dit : "Quelqu'un EST dans mon lit !"

La petite fille a bondi du lit, dévalé l'escalier
et elle a quitté la maison en courant.

J'aimerais bien connaître son histoire.